Dieses Buch gehört

....

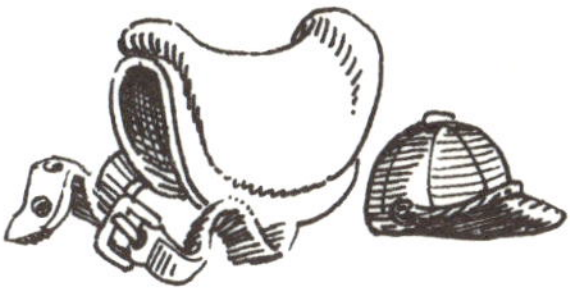

Ronja Eppstein

Anne und der Pferdeflüsterer

Illustrationen von Peter Friedl

JOMA

Text: Ronja Eppstein
Illustrationen: Peter Friedl
Titelbild: Daniela Pohl
Reihenlogo: Ines Markowski
Gesamtherstellung: HP Buchdesign
Redaktion: Franziska Jaekel

Der Umwelt zuliebe gedruckt auf
chlorfrei gebleichtem Papier.

Inhalt

Opa Theos Geheimnis

Ich glaube, ich habe heute Tulip gerettet." Anne saß mit ihrem Opa Theo in der Hollywoodschaukel. Das war der Lieblingsplatz der beiden. Im Sommer verbrachten sie fast jeden Abend dort. Sie ließen sich die Sonne ins Gesicht scheinen, schaukelten langsam hin und her und tranken kalten Tee oder Saft. Dabei erzählten sie sich, was sie am Tag erlebt hatten. Oder Annes Opa erzählte seiner Enkelin Pferdegeschichten. Er wusste sehr viel über Pferde. Die beiden waren ein gutes Team. Das sagten alle. Und sie sahen das ganz genauso. Annes Eltern waren auch toll, aber so richtig über Pferde reden, das konnte sie nur mit Opa Theo. Theo sah seine Enkelin an. „Wer ist denn Tulip?", fragte er, während er das

letzte Schlückchen Saft aus seinem Glas trank.
„Tulip ist Herrn Vögelchens neue Stute“, erklärte Anne. Dann sprang sie auf, um aus der Küche neuen Saft zu holen. Nachdem sie es sich wieder in der Schaukel bequem gemacht hatte, fuhr sie fort: „Tulip ist seit etwa einem Monat bei ihm. Habe ich dir das noch nicht erzählt?“
„Wenn du mir von jemandem mit so einem lustigen Namen erzählt hättest, würde ich das noch wissen“, sagte ihr Opa lachend.
„Na ja, es war auch nicht so wichtig“, entschuldigte Anne sich, weil sie ihm normalerweise alle Neuigkeiten vom Gestüt, auf dem auch ihr Pferd Parzifal stand, sofort berichtete. „Auf jeden Fall“, fuhr sie dann fort, „ich hatte Parzifal gerade fertig und wollte nach Hause

gehen, als ich ein lautes Wiehern aus einer der hinteren Boxen hörte. Erst habe ich mir nicht viel dabei gedacht, aber dann kam das Wiehern ein zweites Mal, und plötzlich hörte ich auch Herrn Vögelchen laut schreien und schimpfen. Ich bin hingegangen und habe gefragt, was los ist. Er konnte sich gar nicht mehr beruhigen. Tulip hatte wild um sich geschlagen, als er ihre Hufe sauber

machen wollte. Um ein Haar hätte sie ihn getroffen."
„Das ist ja erstaunlich." Theo runzelte die Stirn und blickte seine Enkelin neugierig an. „Und dann, was hast du gemacht?"
„Na ja, ich habe daran gedacht, was du immer sagst: Jedes Lebewesen hat einen Grund für sein Verhalten. Ganz besonders dann, wenn es ungewöhnlich ist."
„Das stimmt." Theo nickte ernst.
„Deshalb habe ich Herrn Vögelchen gefragt, ob Tulip sich immer so verhält. Er sagte, dass sie es nur manchmal mache. Aber er konnte sich nicht erklären, warum. Und jetzt sei das Maß voll, sagte er. Er wolle sie verkaufen, obwohl sie ihm eigentlich schon ans Herz gewachsen sei. Ich habe ihn gebeten, mir zu zeigen, wie er seiner Stute

die Hufe auskratzt. Und er hat es mir vorgemacht."
„Der Mann hat auf dich kleines Mädchen gehört?" Annes Opa sah sie erstaunt an.
„Ja." Anne nickte stolz.
„Die Menschen merken, dass du dich mit Pferden auskennst. Das ist gut." Theo lächelte anerkennend.
Anne wurde ein wenig verlegen. „Aber als er wieder in der Box war, hat er es bestimmt bereut." Anne kicherte bei dem Gedanken daran, wie Tulip wieder ausgetreten hatte und Herr Vögelchen ängstlich und wütend zugleich aus der Box gesprungen war.
„Darüber lacht man nicht", mahnte ihr Opa, „das kann lebensgefährlich sein. Das darfst du nie vergessen."
Anne nickte. „Ich vergesse das bestimmt nicht. Es sah nur einfach so lustig aus. Herr Vögelchen fand das natürlich gar

nicht witzig. Aber ich hatte eine Idee, was mit seiner Stute sein könnte."
„Was denn?" Theo sah seine Enkelin gespannt an.
„Herr Vögelchen hat das Bein an der Fessel gefasst, und Tulip ist wie von der Tarantel gestochen durch die Box gehüpft. Da dachte ich mir, vielleicht ist sie ja kitzelig. Und wenn man sie am Huf anfasst, dann kitzelt es sie nicht, weil sie

da ja nichts spürt. Das würde auch erklären, warum es manchmal mit dem Hufauskratzen funktionierte und manchmal nicht. Immer, wenn Herr Vögelchen sein Pferd am Huf packte, ging es. Wenn er es aber an der Fessel anfasste, dann ging es nicht." Theo nickte bestätigend.

„Ich habe es dann ganz vorsichtig ausprobiert. Ich habe sie nur am Huf angefasst. Und es klappte! Du hättest die Gesichter der anderen sehen sollen!" Anne strahlte bei der Erinnerung.

„Wer war denn noch außer dem Besitzer da?"

„Einer von den beiden Brüdern, denen das Gestüt gehört, war noch da."

„Hans Kirchhof oder Georg Kirchhof?", wollte Theo wissen.

Anne sah ihren Opa an.

„Woher kennst du die Kirchhofs? Bis

heute Mittag dachte ich immer, dass du ihnen noch nicht begegnet bist. Du hast sie nie erwähnt. Ich war ganz überrascht, als Herr Kirchhof heute deinen Namen wusste.“ Anne war neugierig und verwundert zugleich. Denn obwohl ihr Opa Pferde mindestens so liebte wie sie, wollte er nie mit zum Gestüt kommen. Wenn er Parzifal sah, dann nur irgendwo im Feld. Sie verabredeten sich einfach an einer ihrer Lieblingsstellen.
„Was heißt schon kennen?“, brummte Theo ausweichend. „Ich dachte mal, dass ich sie kenne, aber da habe ich mich geirrt.“ Theo schubste die Hollywoodschaukel heftig an, sodass sie quietschte, aber er schien das nicht einmal zu bemerken. Er starrte mit finsterem Blick in die Rosenhecke vor ihnen.
Anne war ein wenig erschrocken. So

hatte sie ihren Opa noch nie gesehen. Vorsichtig fragte sie: „Warum bist du denn jetzt so böse?“
Ihr Opa zuckte zusammen. Doch dann lächelte er sie wieder freundlich an. „Ach, Anne“, seufzte er, „das ist eine uralte Geschichte. Die will ich gar nicht wieder aufwärmen. Ist auch nicht so schlimm. Mach dir keine Gedanken.“
Jetzt machte Anne sich natürlich erst recht Gedanken. Was konnte ihren Opa wohl so ärgerlich gemacht haben, dass er auch nach Jahren noch nicht darüber sprechen wollte? Also nahm sie ihren Mut zusammen und fragte weiter: „Herr Kirchhof hat gesagt, dass ich ihn sehr an dich erinnere, so wie ich mit Tulip umgegangen bin. Was meinte er denn damit?“
„Hm“, machte Theo ausweichend, aber er wurde jetzt zumindest nicht mehr

böse. „Ich kenne mich eben ein bisschen mit Pferden aus, das weißt du ja. Wahrscheinlich hat er schon einmal davon gehört. In einer Kleinstadt wie dieser hier spricht sich so etwas eben herum."
„Und was meinte er damit, als er sagte, dass er dich vielleicht demnächst wieder bräuchte, wegen des neuen Pferdes, das sie gekauft haben?" Anne ließ nicht locker. Hans Kirchhof hatte heute so etwas zu ihr gesagt. Aber als sie nachgefragt hatte, wofür er ihren Opa denn bräuchte, hatte Herr Kirchhof nur abgewunken und geantwortet, er würde das sowieso erst einmal mit seinem Bruder klären müssen.
Hans und Georg Kirchhof leiteten das alte Gestüt. Sie betrieben eine Zucht, aus der vor zwanzig Jahren einige berühmte Springpferde hervorgegangen waren. Eins ihrer Pferde hatte sogar

einmal olympisches Gold gewonnen. In den letzten Jahren blieb der Erfolg aber aus.

Das Einzige, was nach wie vor viel Aufmerksamkeit erregte, war das alljährliche Ritter- und Reitturnier, das sie veranstalteten. Dieses Turnier machte Annes Kleinstadt weit über die Landesgrenzen hinaus bekannt. Pferdefans aus der ganzen Welt kamen extra für dieses Ereignis her.

„Ohne das Ritterturnier wären die Brüder Kirchhof längst pleite“, sagte Annes Mutter immer. Eine schreckliche Vorstellung, fand Anne, die schließlich fast ihre gesamte Freizeit auf dem Hof verbrachte.

„Der soll mir mit seinem Pferd gestohlen bleiben!“, riss Theo seine Enkelin aus den Gedanken. Wieder schubste er die Hollywoodschaukel heftig an.

Anne beschloss, es vorerst dabei zu belassen. Aber sie würde demnächst nochmals nachfragen. Sie war nämlich äußerst hartnäckig. Und bei dieser Geschichte stimmte etwas nicht. Das war ganz klar. Jetzt wechselte sie aber erst einmal das Thema.

„Heute war ein neuer Junge auf dem Hof. Er war mit seinen Eltern da. Ich habe ihn noch nie gesehen. Vielleicht hat er auch ein Pferd, das er auf dem

Gestüt einstellt." Der Themenwechsel funktionierte. Theo lächelte. „Und, hat er dir gefallen?", fragte er.
„Ich habe ihn doch gar nicht richtig gesehen", wehrte Anne ab. Aber sie merkte, wie sie rot wurde. Wenn sie ehrlich war, hatte er ihr schon gefallen. Aber sie hatte ja sowieso keine Zeit für ihn. Sie musste sich schließlich um ihr Pferd kümmern. „Und um die Schule", hörte sie die Stimme ihrer Mutter – also auch um die Schule, klar, und mit ihrem Opa musste sie sich treffen. Ja, Opa Theo war jetzt ganz wichtig. Sie wollte unbedingt herausfinden, was ihn so ärgerte. Da war keine Zeit für irgendwelche Jungen.

Eine alte Geschichte

Anne saß auf einem Heuballen und ließ die Beine baumeln. Die Sonne hatte den Ballen erwärmt. Jetzt duftete alles danach.
Nach der Schule war sie gleich auf den Hof gefahren und hatte mit Parzifal einen langen Ausritt gemacht. Anne brauchte das heute. Wenn sie mit dem Wallach über die Wiesen galoppierte, vergaß sie alle Sorgen. Das war immer so. Dann gab es nur ihr Pferd und sie. Parzifal hatte gespürt, dass es ihr nicht gut ging. Er hatte überhaupt keine Mucken gemacht, sondern hatte brav auf die kleinsten Bewegungen seiner Reiterin reagiert. Anne liebte ihr Pferd. Aber jetzt geriet sie schon wieder ins Grübeln. Die Geschichte mit ihrem Opa wurde immer verworrener.

Gestern hatte sie ihre Eltern gefragt, was damals geschehen war.
„Ach, diese alte Geschichte“, hatte ihre Mutter geseufzt. „Da ist doch längst Gras darüber gewachsen. Und so sollte es auch bleiben.“
„Außerdem würdest du das nicht verstehen“, hatte Annes Vater hinzugefügt, „du bist dafür noch zu jung.“

„Das ist doch nur eine blöde Ausrede von euch Erwachsenen!“, hatte Anne zornig gerufen. „Ihr habt bloß keine Lust, es mir zu erklären. Aber ich will das jetzt wissen. Ich will wissen, warum Opa so wütend wird, wenn ich von den Brüdern Kirchhof spreche.“
„Jetzt mach mal nicht so einen Wind.“ Annes Vater hatte seine Tochter ernst angeblickt. „Manchmal gibt es eben Geschichten, die lässt man besser auf sich beruhen. Es war damals schwierig genug, und alle sind froh, dass nicht mehr darüber gesprochen wird. Und du solltest es auch dabei belassen.“
Einen Moment lang hatte Anne sogar aufspringen und aus dem Zimmer stürmen wollen. Tränen waren ihr in die Augen geschossen. Doch sie hatte tief Luft geholt und sich zusammengerissen. So schnell würde sie nicht aufgeben.

„Ich finde es viel schlimmer, wenn ich nur weiß, dass etwas geschehen ist, aber nicht was. Ich muss die ganze Zeit darüber nachdenken, was Opa passiert sein könnte."
Ihre Eltern hatten sich angesehen. Dann hatte ihre Mutter gesagt: „Vielleicht hast du recht. Die Geschichte ist ja auch schnell erzählt. Dein Opa war früher ein Pferdeflüsterer. Weißt du, was das ist?"
Ein heißer Blitz war durch Annes Körper gezuckt. Natürlich wusste sie, was ein Pferdeflüsterer ist. Sie hatte schon viel darüber gelesen. Sie bewunderte diese Pferdekenner und wünschte sich nichts mehr, als irgendwann als Pferdeflüsterin zu arbeiten. Aber sie wusste auch, dass man für diesen Beruf mehr als nur den guten Willen mitbringen musste. Warum hatte Opa Theo ihr nie erzählt, dass er diese Fähigkeit besaß?

Menschen, die es schafften, Pferde zu verstehen, brauchten eine ganz besondere Begabung.

Anne hatte ihre Mutter angesehen. „Natürlich weiß ich, was ein Pferdeflüsterer ist. Er kann kranke Pferde heilen, weil er sie versteht. Er kümmert sich um die Krankheiten, die ein Tierarzt nicht behandeln kann. Wenn ein Pferd irgendeine komische Macke hat, dann findet er

heraus, was mit ihm nicht stimmt."
Sie hatte eine Pause gemacht und dann gefragt: „Warum hat Opa mir das nie erzählt?"
„Er wird schon seine Gründe haben", hatte ihr Vater gemeint.
„Es hängt wohl mit dieser tragischen Geschichte zusammen", hatte ihre Mutter gesagt, die plötzlich ganz traurig geklungen hatte. „Opa Theo war ein guter Pferdeflüsterer. Es gab Leute, die kamen von weit her, um ihre Pferde von ihm heilen zu lassen. Eines Tages geschah dann ein Unglück."
„Was denn für ein Unglück?", hatte Anne wissen wollen.
„Er hat ein Pferd behandelt, das auf dem Hof der Kirchhofs untergestellt war. Dein Opa war damals bei den beiden Brüdern angestellt. Als er dachte, dass das Tier gesund sei, haben es die Kirchhofs der

Besitzerin zurückgegeben. Doch als sie einen Ausritt machte, ging das Pferd plötzlich durch. Die Frau wurde aus dem Sattel geworfen und sehr schwer verletzt. Sie lag einige Zeit im Koma."
„Oh nein!" Anne war blass geworden. „Und Opa war schuld daran?"
„Na ja, zumindest nahmen das alle an. Auch die Kirchhof-Brüder." Annes Mutter hatte eine kurze Pause gemacht und nachdenklich vor sich hin gesehen. „Ich glaube, es hat deinen Opa sehr getroffen, dass die Kirchhofs sich nicht hinter ihn gestellt haben. Alle schimpften damals auf Theo. Doch dass die Kirchhof-Brüder ihm nicht vertrauten, war besonders schlimm. Wenn ich mich richtig erinnere, war es vor allem Georg Kirchhof, der deinen Opa beschuldigte, einen Fehler gemacht zu haben. Die Frau, die von dem Pferd gestürzt war,

wachte zwar wieder auf und wurde auch gesund, doch dein Opa hat seitdem nicht mehr als Pferdeflüsterer gearbeitet. Die Kirchhofs haben ihn einfach rausgeschmissen. Vielleicht hat er sich auch nicht mehr getraut weiterzuarbeiten. Nach den ganzen Anschuldigungen dachte er wohl selbst, dass er Schuld an dem Unfall hatte.“
Das war wirklich eine schlimme Geschichte. „War er denn schuld?“, hatte Anne gefragt, obwohl sie sich das nicht hatte vorstellen können.
„Das wurde nie aufgeklärt“, hatte ihre Mutter traurig geantwortet. „Die Frau konnte sich nicht erinnern, wie es zu dem Unfall gekommen war. Wir haben alle sehr darauf gehofft, dass sie endlich diese Ungewissheit aufklärt. Aber sie konnte es nicht. Niemand weiß, was damals wirklich passiert ist.“

„Ich glaube nicht, dass Opa etwas dafür konnte!", hatte Anne trotzig gerufen.
„Jeder kann mal einen Fehler machen", hatte ihr Vater gemeint. „Vor allem bei Tieren, die niemand wirklich verstehen kann."
„Nein!" Anne hatte Tränen in den Augen gehabt. Ihr Opa machte keine Fehler, das wusste sie. Irgendetwas stimmte an dieser Geschichte nicht.

„Hey, träumst du von besseren Zeiten?" Anne fuhr aus ihren Grübeleien hoch und sah sich um. Neben ihr stand der Junge, den sie gestern schon gesehen hatte, und grinste sie an. „Entschuldige, ich wollte dich nicht erschrecken", sagte er lachend.
„Ist schon gut. Du hast mich nicht erschreckt", log Anne und strich sich eine Haarsträhne aus dem Gesicht.

„Ich bin Finn“, stellte der Junge sich vor und streckte ihr die Hand zur Begrüßung hin.
„Ich bin Anne“, sagte die immer noch verlegene Anne und schüttelte seine Hand. Als sie sich etwas gefangen hatte, fragte sie: „Bist du neu hier? Ich habe dich noch nie gesehen.“
„Ja“, antwortete Finn, „ich bin gerade erst mit meinen Eltern hierher gezogen. Nach den Sommerferien gehe ich dann

auch hier in die Schule.“ Er machte eine kurze Pause. Aber als Anne nichts erwiderte, fuhr er fort: „Ich dachte, du hast vielleicht Lust, mir den Hof zu zeigen. Nächste Woche kommt mein Pferd.“
Anne sah Finn an, dann nickte sie. „Klar, warum nicht?“ Sie sprang auf und lief vor. Plaudernd gingen sie über den Hof. Schnell stellte sich heraus, dass sie beide schon immer Pferde mochten und die größten Pferde-Fans waren. Als sie wieder am Anfang der Stallgasse ankamen, blieb Finn stehen und betrachtete die Fotos, die in großen Rahmen an der Wand hingen. Es waren Fotos von Reitern und ihren Pferden. Sie trugen Kränze um den Hals. Auf einem Bild sah man eine Reiterin, die strahlend eine Goldmedaille in die Kamera hielt. Neben ihr stand ein wunderschöner langbeiniger Fuchs.

„Was sind das für Fotos?“, wollte Finn wissen.
„Das sind alte Fotos“, antwortete Anne. „Vor zwanzig Jahren kamen von diesem Gestüt richtig gute Springpferde. Dieses Pferd“, sie zeigte auf das Foto mit der Frau und der Goldmedaille, „hat damals sogar olympisches Gold im Springen gewonnen.“
„Wow!“ Finn betrachtete das Bild ehrfürchtig.
Plötzlich hörten sie streitende Stimmen, die sich dem Stall näherten. „Du hättest es vorher wissen müssen!“, sagte eine Männerstimme zornig. „Man merkt doch, ob ein Pferd bekloppt ist oder nicht.“
„Du hast auch nichts gemerkt. Ich habe dich extra mitgenommen. Du konntest dir deine eigene Meinung bilden. Aber dich interessieren Pferde ja nicht.“
„Mich interessieren Pferde schon, aber

ich habe keine Lust, mein Leben wegen dieser blöden Gäule zu ruinieren. Und wir sind auf dem besten Weg dazu. Jetzt haben wir unendlich viel Geld für diesen durchgeknallten Gaul ausgegeben.“
„Wir ruinieren uns nicht. Du solltest nur über meinen Vorschlag nachdenken. Ich glaube, der Mann ist unsere Rettung. Und du wirst sehen, wenn er unseren Silberpfeil wieder hinbekommt, dann werden wir viel Geld mit dem Pferd verdienen. So wie früher.“
„Du spinnst. Ich geh doch nicht zu diesem alten Knacker. Aber du kannst das ja gerne machen. Geh zu Theo Bach und überrede ihn, hier anzufangen. Vielleicht freut ...“ Der Sprecher brach seinen Satz ab, als er in den Stall trat und Anne und Finn sah.
Die beiden Gestütsbesitzer grüßten sie, gingen dann aber schweigend an ihnen

vorbei. Offensichtlich war es ihnen nicht gerade angenehm, dass die Kinder ihr Gespräch mit angehört hatten.
„Was ist denn mit dir?“, fragte Finn.
Anne lehnte sich blass an die Wand.
„Sie haben über meinen Opa Theo gesprochen. Sie wollen ihn wieder als Pferdeflüsterer.“

Das neue Pferd

„Dein Opa ist Pferdeflüsterer? Das ist ja toll!“ Finn war sichtlich begeistert.
Anne nickte nur.
„Findest du das nicht gut? Pferdeflüsterer sind doch klasse. Wenn ich groß bin, will ich das auch mal machen.“ Er zögerte einen Moment, dann fügte er hinzu: „Wenn ich gut genug dafür bin.“
Anne sagte immer noch nichts, sondern starrte den beiden Männern hinterher.
„Was hast du denn?“, fragte Finn besorgt nach.
„Das ist alles so kompliziert“, fing Anne an, und dann sprudelte die ganze Geschichte aus ihr heraus.
Finn hörte aufmerksam zu. Als Anne fertig war, fuhr er sich mit der Hand durch seine kurzen widerspenstigen Haare, sodass sie noch mehr abstanden

als vorher, und sagte: „Das ist wirklich eine schlimme Geschichte. Aber ... was ich nicht verstehe ist, wenn es tatsächlich so war und dein Opa einen Fehler gemacht hat, dann ...“
„Mein Opa hat keinen Fehler gemacht!“, unterbrach ihn Anne aufgebracht.
„Jetzt warte doch mal ab“, versuchte Finn sie zu beruhigen. „Also angenommen, es war so, wie deine Eltern erzählt haben, dann verstehe ich nicht, warum dein Opa auf die Kirchhofs so wütend ist. Das ergibt doch keinen Sinn.“
„Du meinst, weil er sich doch eigentlich schuldig fühlen müsste?“
„Genau. Wenn ich etwas anstelle und sogar jemanden verletze, dann bin ich doch nicht wütend auf andere. Allerhöchstens auf mich selbst.“
Anne zuckte die Schultern. „Ich weiß auch nicht. Meine Mutter hat ja gesagt,

dass er irgendwann selbst gedacht hat, etwas falsch gemacht zu haben. Dann müsste er sich schuldig fühlen. Aber vielleicht glaubt er mittlerweile wieder, dass er keine Schuld hatte. Und dann fühlt er sich ungerecht behandelt. Ach, ich weiß auch nicht. Irgendetwas stimmt an der Geschichte nicht. Ich bin mir ganz sicher."

„Ja, das glaube ich auch. Vielleicht können wir ja herausfinden, was damals passiert ist."

„Ja, das würde ich gern. Ich weiß nur nicht, wie. Aber jetzt muss ich los. Ich bin noch mit meiner Mutter verabredet."

„Da du gerade von verabreden sprichst", sagte Finn grinsend, „was hältst du davon, wenn wir morgen zusammen ausreiten?"

„Ich denke, dein Pferd kommt erst nächste Woche?"

„Stimmt, aber Hans Kirchhof hat gesagt, er wäre dankbar, wenn ich ab und zu mit einem seiner Pferde ausreite. Also?"
„Klar, warum nicht." Anne lachte. „Ich bin morgen gleich nach der Schule da. So um zwei."
Während Anne auf ihrem Rad nach Hause fuhr, dachte sie darüber nach, dass Finn ein guter Reiter sein musste, wenn Hans Kirchhof ihm eines seiner Pferde anvertraute.

Am nächsten Tag fuhr sie gleich nach der Schule auf den Hof.
„Na, wie war die Schule?“ Finn saß auf dem Heuballen, auf dem Anne gestern gesessen hatte. „Geht so. Sind ja nur noch zwei Wochen bis zu den Sommerferien. Da passiert nicht mehr viel.“
„Brechen wir gleich auf?“ Voller Tatendrang sprang Finn auf. Anne musste lachen. „Worüber lachst du? Habe ich mich in irgendetwas gesetzt?“
Verzweifelt klopfte er seine Hose ab, worüber Anne aber noch mehr lachen musste.
„Nein. Ich musste nur über deine Haare lachen. Sie stehen so lustig ab.“
„Ach das.“ Er strich sich mit der Hand über den Kopf. „Dagegen lässt sich nichts machen. Meine Oma sagt, das sind ausgefahrene Antennen. Und ich werde der Erste sein, der mitbekommt,

wenn die Außerirdischen mit der Erde Kontakt aufnehmen wollen." Finn grinste schelmisch. „So, und jetzt will ich in den Sattel und die schönsten Reitstrecken kennenlernen."
Anne zeigte Finn ihre Lieblingswege. Es machte Spaß, mit ihm zusammen zu reiten. Noch vor drei Tagen hätte sie sich nicht vorstellen können, dass sie ihren Ausritt mit jemand anderem als Parzifal teilen wollte. Sie und Parzifal, hatte sie immer gedacht, mehr brauchte sie nicht. Aber jetzt genoss sie es sehr, neben Finn zu reiten und sich dabei zu unterhalten.
„Hast du gestern mit deinem Opa gesprochen?", fragte Finn irgendwann.
„Nein. Ich konnte ihn gestern nicht besuchen. Ich war mit meiner Mutter schwimmen. Das machen wir einmal die Woche. Mein Vater kocht dann immer

was Besonderes. Aber heute Abend besuche ich ihn, und dann frage ich."
Finn nickte.
Als die beiden zum Hof zurückkehrten, bemerkten sie gleich die Aufregung. Ein Pferdeanhänger stand mit offener Ladeklappe da, und eine Menschentraube hatte sich am Gatter zur Weide gebildet. „Was ist denn hier los?" Anne sprang neugierig von Parzifal, nahm ihn an den

Zügeln und ging zu den anderen Leuten. Finn folgte ihr.
„Was habt ihr euch denn da für einen Wildfang andrehen lassen?“, fragte Frau Schmidt lachend. Sie hatte ebenfalls ein Pferd auf dem Hof stehen.
„Da müssen Sie meinen Bruder fragen“, knurrte Georg Kirchhof. „Meiner Meinung nach ein schlimmer Fehlkauf.“
„Na, na, Georg, ich kenne niemanden, der sich mit Pferden so gut auskennt wie dein Bruder“, mischte sich Herr Burger, ein weiterer Pferdebesitzer, ein.
„Dass ich nicht lache. Du hast doch eben gesehen, was für ein Theater der Gaul gemacht hat. Der ist nicht ganz dicht. Sieht vielleicht hübsch aus. Aber was nutzt mir das, wenn man sich ihm noch nicht mal auf hundert Meter mit einem Halfter nähern kann?“
„Was ist denn passiert?“, fragte Anne.

„Sie wollten Silberpfeil, das neue Pferd, aus dem Anhänger holen. Und es ist völlig ausgerastet. Es hat Hans Kirchhof umgeworfen und ist wild über den Hof gesprungen. Es war ein großes Glück, dass es von selbst auf die Koppel gerannt ist“, erklärte Frau Schmidt.
Jetzt sah Anne erst, dass Hans Kirchhof eine blutende Wunde am Kopf hatte. Er beobachtete das neue Pferd auf der Koppel. Irgendwie wirkte er ziemlich niedergeschlagen. So kannte Anne den Besitzer des Gestüts nicht. Meistens war er gut gelaunt und hatte immer einen lustigen Spruch auf den Lippen.
„Ein tolles Pferd!“ Finn stieß einen anerkennenden Pfiff aus.
Der langbeinige Schimmel trabte mit federnden Schritten über die Koppel. Stolz hielt er den feinen Kopf hoch. Sein Fell glänzte in der Sonne.

Anne verschlug es bei dem Anblick den Atem. So ein schönes Pferd hatte sie noch nie gesehen. „Er ist wunderschön“, flüsterte sie ehrfürchtig.
„Und total verrückt“, schimpfte Georg Kirchhof neben ihr.
Anne und Finn versorgten schnell ihre Pferde. Dann gingen sie zurück zur Koppel, um noch einen Blick auf das neue Pferd zu werfen. Ruhig stand es im Schatten eines Baumes und graste.
„Er sieht ganz friedlich aus.“
Anne nickte.
„Stell dir vor, dein Opa würde mit ihm arbeiten“, schwärmte Finn.
„Ja, das wäre toll.“ Die beiden lehnten an dem Gatter und beobachteten Silberpfeil eine Weile. Schließlich sagte Anne bedauernd: „So, ich werde jetzt mal gehen. Ich muss unbedingt mit meinem Opa sprechen.“

„Sehen wir uns morgen wieder?"
„Na klar, wenn du auch hier bist."

Vor dem Haus ihres Opas parkte ein Auto, das Anne kannte. Es war der Wagen von Hans Kirchhof. Anne spürte ihr Herz schlagen. Herr Kirchhof fragte tatsächlich ihren Opa wegen Silberpfeil. Mit zitternden Fingern schloss sie ihr

Rad ab und lief hinüber zum Eingang. Der Gutsbesitzer stand in der offenen Tür. Er versuchte etwas zu sagen, kam aber nicht zu Wort, weil Annes Opa laut schimpfte: „... es ist aus, Hans, aus und vorbei. Such dir einen anderen. Ich arbeite nicht mehr für dich. Da gibt es nichts weiter dazu zu sagen. Und ich brauche deine Entschuldigung nicht. Verschwinde!“
Mit diesen Worten knallte Theo die Tür zu. Hans Kirchhof blieb noch einen Moment wie versteinert stehen. Dann drehte er sich um und ging zu seinem Wagen. Anne, die reglos am Weg stand, schien er gar nicht zu bemerken.

Ein Versprechen

Und was hast du dann gemacht?" Finn biss in ein Rosinenbrötchen, das er selbst gebacken hatte. Die beiden neuen Freunde saßen auf einer Decke. Ihre Pferde grasten träge neben ihnen. Sie waren an einem alten Holzzaun festgemacht. Anne streckte sich auf der Decke aus und ließ sich die Sonne ins Gesicht scheinen. Als sie heute aus der Schule gekommen war, hatte Finn sie schon mit einer großen Tasche voller Leckereien erwartet. Er hatte den Vormittag genutzt, um ein Picknick vorzubereiten. Sie waren eine Weile geritten, hatten dann eine Pause gemacht und gegessen. Später hatte Anne Finn von ihrem gestrigen Besuch bei Opa Theo erzählt.

Gerade war sie an der Stelle, als Theo

Hans Kirchhof die Tür vor der Nase zugeknallt hatte. „Ich habe einen Moment gewartet und dann geklingelt. Mein Opa dachte erst, es wäre noch mal Herr Kirchhof. Als er bemerkte, dass ich es war, hat er mir die Tür aufgemacht. Ich glaube, ich habe ihn noch nie so verärgert gesehen."
Nachdenklich biss Anne in eine Erdbeere. Sie dachte daran, dass sie Angst gehabt hatte. So wütend, wie ihr Opa gewesen war, war er ihr irgendwie fremd vorgekommen. Zum Glück hatte sich Theos Laune sofort gebessert, als er seine Enkelin gesehen hatte. Und als sie in der Hollywoodschaukel gesessen hatten, war alles wieder gut gewesen. Anne hatte sich geborgen und sicher bei ihrem Opa gefühlt. Sie hatten ein bisschen geplaudert. Dann hatte Anne erzählt, was sie alles von ihren Eltern über

seine Vergangenheit erfahren hatte, von seiner Arbeit als Pferdeflüsterer und von dem Unfall.
„Eigentlich hat er gar nicht viel dazu gesagt“, fuhr Anne in ihrem Bericht fort. „Er war traurig, als er daran dachte. Das habe ich gespürt. Er sagte, dass das wirklich ein schlimmes Kapitel in seinem Leben gewesen sei.“
„Und dann?“
„Ach, ich weiß auch nicht. Ich habe ihn gefragt, ob er nie wieder daran gedacht habe, als Pferdeflüsterer zu arbeiten. Er hat den Kopf geschüttelt. Nach dieser Geschichte, sagte er, hätte er keine Lust mehr gehabt.“
„Und hast du auch gefragt, warum er so böse auf die Kirchhofs ist?“
„Ja, habe ich. Aber er hat mir keine richtige Antwort gegeben. Er sagte nur, dass er damals so enttäuscht von ihnen

gewesen wäre. Mehr wollte er mir nicht erzählen."
„Und wie es zu dem Unfall kam, hast du das nicht gefragt?"
„Doch habe ich."
„Und wusste er mehr, als deine Mutter erzählt hat?"
„Er hat gesagt, es wäre eben ein Unfall gewesen. Mehr nicht."
„Hatte er Schuld an dem Unfall? Hat er dir das erzählt?"

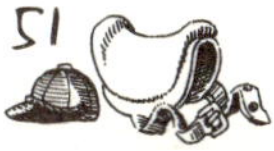

„Das habe ich nicht gefragt, und das brauche ich auch nicht zu fragen. Ich weiß, dass er nichts dafür konnte!“, brauste Anne auf.
„Schon gut“, beschwichtigte Finn sie. „Ich dachte, er hätte dann vielleicht etwas über seine Arbeit erzählt und über den Unfall. Viel mehr wissen wir jetzt ja nicht.“
„Das stimmt.“ Anne nickte traurig. Es war wirklich eine seltsame Geschichte. Missmutig starrte sie vor sich hin. Ob sie jemals erfahren würde, was damals geschehen war?
„Hey“, munterte Finn sie auf, „fändest du es nicht auch toll, wenn dein Opa sich um Silberpfeil kümmern würde? Stell dir vor, er würde mit ihm arbeiten, und wir könnten dabei sein!“
Anna lachte. „Oh ja, das wäre sehr spannend.“ Doch dann wurde sie wieder

traurig. „Ich glaube nicht, dass mein Opa das machen wird. Du hättest hören sollen, wie er Hans Kirchhof angeschrien hat.“

„Sicher macht er es nicht für die Kirchhofs, aber ob er es für dich machen würde?“

Anne sah ihren Freund fragend an. „Wie meinst du das? Silberpfeil ist doch nicht mein Pferd. Und mein Opa weiß das auch. Genauso wie ihm klar ist, dass ich dieses Pferd niemals kaufen könnte.“

„Nein, so meine ich das auch nicht. Aber du könntest ihm erzählen, dass es dein größter Traum ist, als Pferdeflüsterin zu arbeiten. Das ist es doch auch. Und du könntest viel von ihm lernen. Außerdem ist es ja wohl so, dass die Kirchhofs finanzielle Probleme bekommen, wenn es mit Silberpfeil nicht klappt. Das haben wir doch beide gehört. Und wenn

sie pleite sind, dann ist es aus mit dem Gestüt."

So hatte Anne das noch nicht gesehen. Sie überlegte, ob es ihr wohl gelingen könnte, ihren Opa davon zu überzeugen, es für sie zu tun.

„Ich weiß nicht, ob das klappt", überlegte sie laut, „aber ich könnte es versuchen."

Sie würde es auf jeden Fall versuchen. Und wenn Anne sich erst einmal etwas

in den Kopf gesetzt hatte, dann verfolgte sie das auch hartnäckig. Vielleicht wäre es ja auch so, dass Opa Theo, wenn er wieder arbeiten würde, irgendwann die Geschichte ganz erzählen konnte. Vielleicht würde er bei der Arbeit genauso geheilt wie Silberpfeil. Die Idee gefiel Anne sehr gut.
Nach dem Ausritt verabschiedete Finn sich. Er musste heute etwas früher nach Hause.

Anne stand bei Parzifal in der Box und striegelte ihn. „Finn ist nett“, sagte sie zu dem Hengst und strich die Bürste ab, bevor sie ihn weiterstriegelte. Das Pferd stand ganz still, als würde es aufmerksam zuhören. „Also ich mag ihn sehr. Aber erzähl das nicht weiter, ja?“
Parzifal schnaubte und warf den Kopf zurück. Es sah aus, als würde er nicken.

„Du brauchst dir aber keine Sorgen zu machen, dich mag ich sowieso am allerliebsten. Und Mama und Papa und Opa natürlich.“ Sie dachte einen Moment nach. „Mit Finn ist das etwas anderes. Ich kann es nicht beschreiben. Verstehst du, was ich meine?“

Parzifal schüttelte den Kopf.

„Nein? Na macht nichts, ich verstehe es ja selbst nicht. Aber es gibt schließlich auch Wichtigeres. Opa soll wieder als Pferdeflüsterer arbeiten, und ich werde ihn dazu überreden.“

Bevor Anne zu ihrem Opa ging, kaufte sie beim Bäcker einen Streuselkuchen. Das war nämlich eine weitere Gemeinsamkeit zwischen ihr und ihrem Opa: Sie liebten beide Streuselkuchen. Und wenn ihr Opa erst einmal gute Laune hatte, ließ er sich bestimmt viel leichter überzeugen.

Das mit der guten Laune klappte sofort. Als Theo den Streuselkuchen sah, freute er sich riesig.
Nachdem sie den Kuchen verspeist hatten und träge in der Hollywoodschaukel saßen, fasste Anne sich ein Herz. „Opa“, begann sie etwas zögerlich, „ich möchte gern Pferdeflüsterin werden.“
Theo blickte seine Enkelin erstaunt an, sagte aber nichts. Deshalb fragte Anne: „Findest du das nicht gut?“
Ihr Opa holte tief Luft, dachte eine Weile nach und sagte schließlich: „Es ist der schönste Beruf, den ich mir vorstellen kann. Ich habe sehr viele Jahre mit Pferden gearbeitet, und ich war immer zufrieden. Das will einiges heißen. Nicht viele Menschen haben das Glück, einen Beruf auszuüben, der ihnen wirklich Spaß macht. Verstehst du?“
Anne nickte.

„Aber es ist auch ein Beruf, bei dem man sehr viel Verantwortung trägt. Wenn du deine Arbeit nicht richtig machst, kann das für andere gefährlich werden. Die Menschen verlassen sich auf dich.“

Anne hielt die Luft an. Würde er jetzt erzählen, was damals passiert war? Einen Moment schien es so, denn Theo schwieg und starrte vor sich hin. Doch er sagte nichts dazu. Stattdessen stellte er fest: „Aber du bist ja noch jung, wer weiß, was du mal werden willst, wenn du mit der Schule fertig bist. Dann stehen dir sämtliche Türen offen.“

„Wann wusstest du, dass du Pferdeflüsterer werden wolltest?“

„Ich wusste es schon immer.“

„Ich glaube, mir geht es genauso wie dir. Opa, bitte, zeig mir, was du kannst. Bring es mir bei. Du könntest mit Silber-

pfeil arbeiten und es nur für mich tun. Ich würde eine Menge von dir lernen. Bitte." Anne sah ihren Opa an.

„Du weißt nicht, was du da von mir verlangst, Anne."

„Wie kann ich es wissen, mir sagt ja niemand was."

Ihr Opa seufzte. „Da hast du natürlich recht. Du kannst es nicht wissen."

„Aber ich weiß, dass ich Pferdeflüsterin

werden will. Kannst du mir nicht dabei helfen?“

Lange blickte Theo vor sich hin. Anne befürchtete schon, dass er sie vergessen hätte, als er sich ihr plötzlich zuwandte und sagte: „Ich werde darüber nachdenken. Versprochen.“

Zweimal Streit an einem Tag

Der Himmel war grau, und es nieselte schon den ganzen Tag. Anne hatte seit zwei Wochen Ferien. Und seit einer Woche regnete es ununterbrochen.
„Ist ja typisch“, fluchte sie leise vor sich hin, während sie Parzifal trocken rieb, „kaum sind Ferien, wird das Wetter schlecht. Finn und ich hatten so viel mit euch vor. Wir wollten lange Tagesritte machen und unterwegs picknicken. Alles war schon geplant.“
Parzifal schnaubte.
„Du hast ja recht.“ Anne beruhigte sich. „Die Ferien sind noch lang. Außerdem haben wir ja auch so unseren Spaß. Und dir tut es auch ganz gut, deine Füße mal ein wenig höher zu heben als sonst.“
Anne klopfte ihrem Pferd den Hals und

lachte. Parzifal steckte beleidigt sein Maul in das frische Heu. Finn und Anne hatten wegen des schlechten Wetters ihr Ausflugsprogramm geändert und stattdessen ein eigenes Springtraining entwickelt. Sie ergänzten sich gut. Finn konnte Anne einige Tipps geben und umgekehrt half auch Anne Finn mit Ratschlägen weiter.

„Kommst du? Dein Opa ist schon längst auf der Koppel." Finn stand im Gang und wartete auf Anne.

Ja, das war überhaupt das größte Ereignis: Nachdem Anne mit ihrem Opa gesprochen hatte, war er am nächsten Tag auf den Hof gefahren und hatte seine Arbeit mit Silberpfeil begonnen. Es hatte sich schnell wie ein Lauffeuer herumgesprochen, dass der alte Theo zu Hans Kirchhof gegangen war und ihm gesagt hatte, dass er es sich anders überlegt hätte. Hans Kirchhof war natürlich sehr erfreut gewesen. Er hatte Theo die Hand hingestreckt, doch Theo hatte nicht eingeschlagen.
„Ich mache das für meine Enkelin, und ich mache es für das Pferd. Mit dir hat das nichts zu tun, und es ändert auch nichts zwischen uns", hatte er gesagt.

Theo hatte seine Arbeit mit dem Hengst noch am gleichen Tag begonnen. Zuschauer hatte er weggeschickt. Er hatte in Ruhe arbeiten wollen. Nur Anne und Finn hatten zusehen dürfen. Schnell hatte sich herausgestellt, dass Silberpfeil panische Angst vor allem hatte, was seinem Kopf zu nah kam.
„Was hat er nur? Wieso ist er nur so ängstlich?“, hatte Anne von ihrem Opa wissen wollen.
„Er wird irgendeine schlechte Erfahrung gemacht haben. Was genau, werden wir wohl nie wissen. Möglicherweise wurde er misshandelt. Aber seine früheren Besitzer würden das natürlich niemals zugeben. Es ist auch nicht so wichtig. Jetzt kommt es nur darauf an, sein Vertrauen wiederzugewinnen.“
Und so hatte Theo sich Stück für Stück das Vertrauen von Silberpfeil erarbeitet.

Er hatte eine kreisförmige Absperrung speziell für den Schimmel gebaut und ihn dort hinein geschickt. Theo selbst hatte sich in die Mitte gestellt und das Pferd frei im Kreis laufen lassen. Durch Klatschen hatte er Silberpfeil dazu gebracht, die Laufrichtung zu ändern. „Ich lasse ihn jetzt andersherum laufen. Das heißt, er wechselt die Hand“, hatte Theo seinen beiden Zuschauern erklärt. „Und jetzt drehe ich nur meine Schulter“, war er fortgefahren und hatte seine Schulter von Silberpfeil weggedreht. „Seht ihr?“
Tatsächlich, auf einmal war der Hengst Theo gefolgt. Es war wie ein Wunder gewesen. Das eben noch so scheue Pferd war zutraulich hinter Annes Opa hergelaufen. Es hatte nicht sehr lange gedauert, da hatte es sich auch schon zwischen den Augen streicheln lassen.

„Das ist der erste Schritt.“ Theo hatte Silberpfeil nicht ein Mal aus den Augen gelassen. Aber Anne hatte dennoch sehen können, dass ihr Opa sich gefreut hatte. Das war vor einigen Tagen.

Jetzt liefen Finn und Anne durch den Nieselregen zur Koppel. „Sieh nur!“, rief Finn. „Theo kann seinem Pflegefall sogar schon das Halfter überziehen. Es ist Wahnsinn, wie er das macht.“
Anne nickte. Still standen sie nebeneinander und beobachteten, wie Theo leise auf das Pferd einsprach und es vorsichtig am Kopf tätschelte.
„Bald hat er Silberpfeil geheilt“, sagte Anne.
„Na ja, das dauert bestimmt noch. Er muss sich ja von allen Menschen berühren lassen, nicht nur vor deinem Opa.“

„Ja, aber Theo schafft das schon. Ich glaube, zum Ritterturnier ist Silberpfeil in Ordnung. Es dauert ja noch ganze sechs Wochen bis dahin."

„Wir werden es sehen. Ich kann mir gut vorstellen, dass dein Opa diesmal kein Risiko eingeht."

„Was meinst du mit diesmal?" Annes Stimme hatte einen schneidenden Ton angenommen.

„Na, nach dem Unfall von damals wird er sichergehen wollen, dass das Pferd auch wirklich geheilt ist.“

„Spinnst du!“, fauchte Anne. „Theo hätte auch damals nie und nimmer ein Pferd für gesund erklärt, wenn es nicht gesund war!“

„Jetzt raste doch nicht gleich so aus!“ Auch Finn wurde langsam böse. „Er hat es doch nicht mit Absicht gemacht. Aber dein Vater hat es doch auch gesagt, man kann einfach nie hundertprozentig sicher sein. Lebewesen sind schließlich keine Maschinen, man weiß doch nicht, was in ihnen vorgeht.“

„Mein Opa weiß, welche Verantwortung er übernimmt. Er würde nie ein Risiko eingehen. Ich bin mir sicher, dass das Pferd in Ordnung war, als er es weggegeben hat. Du weißt doch überhaupt nicht, was damals passiert ist!“

„Du weißt doch auch nicht, was damals passiert ist. Jeder macht mal Fehler, auch dein Opa!"
„Und ich habe auch einen Fehler gemacht", zischte Anne. „Ich dachte, wir wären Freunde. Aber da habe ich mich wohl geirrt!"
„Du spinnst ja!" Finn drehte sich um und ließ Anne im Regen stehen.
Einen Moment blickte sie ihm wie vom Donner gerührt nach. Sie war schockiert. Eben standen sie noch hier und waren Freunde, und eine Minute später war alles vorbei. Gleichzeitig tobte immer noch die Wut in ihr. Wie konnte er nur behaupten, ihr Opa hätte einen Fehler gemacht? Wenn er das wirklich dachte, dann waren sie sowieso nie echte Freunde gewesen. Dann sollte er auch Theo nicht mehr bei der Arbeit mit Silberpfeil zusehen. Außerdem würde

sie in Zukunft eben wieder allein mit Parzifal ausreiten. Nur sie und Parzifal. So wie früher. Das war ohnehin viel besser. Bei diesem Gedanken schossen ihr plötzlich Tränen in die Augen. Das machte sie noch wütender, sie würde doch nicht wegen so einem heulen.
Sie drehte sich um und lief in Richtung Stall. Sie wollte nicht, dass ihr Opa sie so sah. Kurz vor dem Stall überlegte sie es sich aber anders. Schließlich konnte

sie hier Finn über den Weg laufen, und der sollte nun wirklich nicht sehen, dass sie weinte. Sie lief am alten Gutshaus entlang, um sich auf der Rückseite hinter der Hecke wieder zu beruhigen. Gleich war bestimmt alles wieder gut. Sie stand hinter der Hecke und holte tief Luft. Doch immer wenn sie dachte, sie hätte sich beruhigt, schossen ihr erneut Tränen in die Augen.
Plötzlich hörte sie zwei Männerstimmen. „Es ist mir egal, ob dieser komische Alte das Pferd wieder hinbekommt. Das wird uns doch nichts bringen. Ich bin es leid, hier auf dem Hof zu sitzen. Wenn wir jetzt verkaufen, bekommen wir genug Geld, um uns ein schönes Leben zu machen. Ein Leben ohne Pferdemist, dämliche Ritterspiele und bescheuerte Pferdenarren."
„Ich mag mein Leben so, wie es ist.

Über Generationen hinweg lebt unsere Familie hier, und ich habe nicht vor, etwas daran zu ändern. Ich habe auch keine Lust mehr, mit dir darüber zu reden. Ich verkaufe den Hof nicht und damit Schluss."
„Dann möchte ich", sagte die erste Stimme wieder, und Anne hörte die unterdrückte Wut darin, „dass du mich auszahlst. Du bezahlst mir die Hälfte von dem, was der Hof wert ist."
„Georg, du weißt, dass ich das nicht kann. Es gibt kein finanzielles Polster und keine Geldreserven. Hoffentlich werden die Zeiten wieder besser, dann können wir noch einmal darüber reden. Im Moment ist nichts zu holen."
„Oder der Hof geht endgültig den Bach runter. Dann wirst du endlich einsichtig. Dummerweise verlieren wir dadurch Geld."

„Der Hof geht nicht den Bach hinunter. Wir haben Silberpfeil. Und wir haben das Ritterturnier. Das Turnier ist eine zuverlässige Geldquelle. Es hat uns schon die letzten Jahre über Wasser gehalten."

Die Stimmen entfernten sich. Anne, die den Atem angehalten hatte, spähte jetzt durch die Hecke. Sie sah die beiden Kirchhof-Brüder.

„Hoffentlich geht der Hof nicht wirklich pleite", dachte sie. Bei dem Gedanken musste sie schon wieder weinen. Was für ein schrecklicher Tag.

Bewährungsprobe für Silberpfeil

Aufgeregt sprang Anne am Gatter der Weide auf und ab.
„Anne, bist du wirklich sicher, dass du das machen willst?“ Theo blickte seine Enkelin forschend an.
„Natürlich bin ich sicher. Ich möchte unbedingt auf Silberpfeil reiten. Ich freue mich doch schon darauf, seit du es mir gestern vorgeschlagen hast.“
„Ich habe volles Vertrauen in dich, dass du das gut machst“, erklärte Annes Opa, „aber du musst ruhig bleiben. Silberpfeil braucht eine gelassene Reiterin, wenn er sich jetzt wieder eingewöhnen soll.“
Anne stand sofort still. Sie holte tief Luft und nickte. „Ja, das verstehe ich. Ich bin ganz ruhig. Ich verspreche es.“
„Na gut“, brummte ihr Opa. Dann stapfte er los, um Silberpfeil zu holen. Seine

Arbeit hatte große Fortschritte gemacht. Vielleicht konnte Silberpfeil wirklich an dem Turnier teilnehmen.
Heute war seit langem wieder ein guter Tag. Und das nicht nur, weil endlich wieder die Sonne schien.
Seit ihrem Streit mit Finn war sie ihm aus dem Weg gegangen. Anne gab es nicht zu, aber Finn fehlte ihr. Doch sie würde nicht den ersten Schritt machen. Finn musste sich entschuldigen, wenn er

wieder mit ihr befreundet sein wollte. Aber vielleicht wollte er das auch gar nicht? Er ging ihr ebenfalls aus dem Weg. Das tat ein bisschen weh. Bedeutete ihm ihre Freundschaft denn gar nichts?
„Ach Unsinn, es lohnt nicht, darüber nachzudenken!“, sagte sie zu sich selbst und machte eine wegwerfende Handbewegung. Theo hatte am Anfang ein paarmal nach Finn gefragt, aber Anne hatte immer nur unwirsch geantwortet, dass sie sich gestritten hätten. Worüber, hatte sie verschwiegen.
Doch jetzt wollte sie nicht weiter daran denken. Denn heute war der große Tag. Anne durfte als Erste auf Silberpfeil reiten. Theo hatte eine ganze Reihe von Übungen mit dem Schimmel gemacht. Jetzt war er der Meinung, dass es an der Zeit sei, ihn wieder an einen Reiter

zu gewöhnen. Natürlich sollte eigentlich Hans Kirchhof auf Silberpfeil reiten. Aber Theo hatte bestimmt, dass eine leichtere Reiterin für den Anfang besser sei. Und Anne würde ihre Sache gut machen.
Mit federnden Schritten tänzelte der weiße Hengst neben Theo am Zügel. Der redete beruhigend auf seinen Schützling ein.
„So, Anne, bist du bereit?"
Anne nickte konzentriert. Sie ging zu den beiden hinüber, tätschelte Silberpfeil am Hals und sprach mit ihm. Dann holte sie tief Luft, setzte den Fuß in den Steigbügel und schwang sich in den Sattel. Sie merkte, wie Silberpfeil erstarrte. Ihr blieb das Herz stehen. Gespannt und etwas ängstlich wartete sie, was jetzt passieren würde. Theo ließ die Zügel los. Der Hengst stand immer noch regungslos da.

„Lauf, Silberpfeil!“, sagte Anne leise und drückte ihm ganz vorsichtig ihre Fersen in die Flanken. Es war nur ein sachter Druck, doch Silberpfeil reagierte sofort. Er entspannte sich und machte langsam ein paar Schritte vorwärts. Anne saß hochkonzentriert im Sattel und war auf alles gefasst. Vorsichtig trieb sie ihn an weiterzulaufen. Erst zögernd, doch dann zunehmend befreiter, lief das Pferd los.

„Wir schaffen das!“, rief Anne, während sie auf Silberpfeil quer über die große Weide trabte. Es war ein unbeschreibliches Gefühl. Sie hätte schreien können vor Glück. Die Leichtigkeit, mit der der weiße Hengst über die Wiese lief, war unbeschreiblich. Fliegen konnte nicht schöner sein. Über eine Stunde ritt sie auf der Weide auf und ab. Leider war kaum genug Platz, um wirklich zu galoppieren. So bekam Anne nur eine Ahnung davon, wie es sein musste, wenn Silberpfeil seine geballte Kraft spielen ließ.
„Es reicht für heute“, rief ihr Opa irgendwann. „Ihr habt das ganz toll gemacht.“
Anne war sehr froh über diesen Erfolg und freute sich über das Lob. Aber wie schön wäre es, wenn sie mit Finn darüber sprechen könnte.

Dann war das große Wochenende da. Endlich! In den letzten Tagen hatte sich die ganze Stadt auf das Ereignis vorbereitet. Häuser waren geschmückt, Buden aufgestellt und die große Festwiese mittelalterlich hergerichtet worden. Außerdem hatte man eine hölzerne Tribüne aufgestellt, auf der der Bürgermeister und die Ehrengäste sitzen würden.
Zur Eröffnung gab es immer einen mittelalterlichen Schaukampf. Bei diesem führten Reiter in Rüstungen einen Ritterwettstreit vor. Sie ritten mit langen Lanzen aufeinander zu und versuchten, sich gegenseitig vom Pferd zu stoßen. Das sah gefährlicher aus, als es war, weil die Ritter diesen Auftritt vorher immer absprachen. Der jeweilige Höhepunkt des Festes war ein großes Springturnier, das weit über die Grenzen des Landes

bekannt war. Dabei ging es nicht nur um das beste Springpferd und seinen Reiter, sondern es wurden am Rande auch wichtige Geschäfte gemacht. Das ganze Jahr über war das Städtchen, in dem Anne lebte, eher unbedeutend. Aber an diesem einen Wochenende war es der Mittelpunkt der Pferdewelt.
„Ohne dieses Turnier wäre das Kirchhof-Gestüt in den letzten zwanzig Jahren völlig unwichtig geworden“, sagte Annes Mutter beim Frühstück. „Wird das Wunderpferd denn heute dabei sein?“, wollte sie wissen.
„Ja. Hans Kirchhof hat große Fortschritte gemacht. Er kann Silberpfeil jetzt wie jedes andere Pferd reiten. Und Opa ist fertig mit seiner Arbeit.“
Anne wurde ein wenig traurig, als sie das sagte. Es war eine sehr schöne Zeit gewesen. Sie hatte jeden Tag mit ihrem

Opa bei Silberpfeil verbracht. Insgeheim hatte sie gehofft, dass sie als einzige Reiterin von Silberpfeil infrage käme. Sie hatte sich schon ausgemalt, wie sie ihn beim großen Umzug durch die Stadt ritt. Oder wie sie mit ihm das Springturnier gewinnen würde. Aber ihr Opa hatte sie ganz schnell aus diesen Träumen in die Realität zurückgeholt.
„Anne“, hatte er gesagt, „du hast dein

eigenes Pferd. Was soll Parzifal denn ohne dich machen?“

Da hatte er natürlich recht gehabt. Und Anne hatte sich Parzifal gegenüber ein bisschen geschämt. Wie konnte sie nur ihr tolles Pferd verraten?

„Musst du nicht los?“, unterbrach ihr Vater ihre Gedanken.

Sie sah auf die Uhr. „Oh ja. Ich bin fast schon zu spät.“

Gemeinsam mit Opa Theo wollte sie sich den großen Umzug durch die Stadt anschauen. Dort zogen Reiter in alten Ritterrüstungen durch die Straßen, und die Turnierpferde wurden präsentiert. Der Zug ging durch die engen Gässchen der Altstadt. Am Rand standen immer Tausende von Zuschauern. Man musste früh da sein, um einen guten Platz zu bekommen.

Ihr Opa wartete schon. Anne sah genau,

dass er fast so aufgeregt war wie sie. Kein Wunder, es war ja auch Silberpfeils Bewährungsprobe. Er würde mit den anderen Turnierpferden durch die engen Gassen und vorbei an den Menschen mit den winkenden Fähnchen ziehen.
„Er wird es schaffen, stimmt's?“, fragte Anne ihren Opa, während die beiden sich einen guten Platz suchten.
„Sicher. Und Hans Kirchhof ist ein guter Reiter. Ich mache mir keine Sorgen.“ Theo drückte die Hand seiner Enkelin. Langsam füllten sich die Gassen. Aber Theo und Anne standen in der ersten Reihe. Es dauerte nicht lange, da kamen die Ritter in ihren Rüstungen. Sie sahen beeindruckend aus, wie sie auf den schweren, kräftigen Pferden die Straße hinunterritten. Die Menschen jubelten. Und dann war es so weit. Anne hielt die Luft an. Ihr Herz schlug vor lauter

Aufregung bis zum Hals. Da kamen die Turnierpferde. Silberpfeil war gleich in der zweiten Reihe. Alle waren beeindruckt von der Schönheit des Schimmels. Aufgeregt tänzelte er unter Hans Kirchhof. Anne blickte den Gutshofbesitzer an. Er sah konzentriert aus, aber nicht nervös. Als er Anne und ihren Opa entdeckte, winkte er den beiden zu. Alles schien gut.
Silberpfeil war bereits einige Schritte an ihnen vorbei, und Anne wollte sich gerade an ihren Opa wenden, da erklang plötzlich ein schrilles Wiehern. Anne drehte sich um und sah, wie Silberpfeil sich aufbäumte. Hans Kirchhof flog aus dem Sattel. Der Schimmel ging durch und steckte die anderen Turnierpferde mit seiner Aufregung an. In Sekundenschnelle entstand ein heilloses Durcheinander. Anne erstarrte vor Schreck.

„Oh nein“, dachte sie verzweifelt. Sie drehte sich zu ihrem Opa um. Doch der war längst losgerannt. Er hatte die Situation als Erster überblickt und wusste, dass er sich zuerst um die Pferde kümmern musste. Während die Zuschauer panisch durch die Gegend rannten, um den Hufen der Pferde zu entkommen, lief er mitten in das Getümmel und griff nach dem erstbesten Pferd, um es zu beruhigen. Anne wollte ihm helfen. Aber sie konnte sich nicht rühren. Verzweifelt sah sie sich um. Da entdeckte sie Finn. Er sah entsetzt zu ihr hinüber. Dann blickte er verwundert auf den Boden und hob etwas auf, das Anne nicht erkennen konnte. Er steckte es ein und kam zu ihr herüber.

Detektivarbeit

Eigentlich war Anne nicht zum Lachen zumute, aber das kleine Tänzchen, das Finn hinlegte, war schon sehr lustig. Er war mit seinem linken Fuß in eine Plastiktüte geraten. Doch anstatt sie mit der Hand zu entfernen, versuchte Finn, sie abzuschütteln. Dabei hüpfte er auf seinem rechten Fuß.

„Na immerhin bringe ich dich zum Lachen, auch wenn ich es nicht vorhatte. Die Tüte hat ein Loch an der Seite“, sagte Finn, während er der Tüte, auf der *Spiele Reuter* stand, einen letzten Tritt gab. Dann wurde er ernst. „Es tut mir so leid. Silberpfeil war doch wieder ganz gesund. Was ist denn passiert? Hast du etwas gesehen?“
Anne schüttelte verzweifelt den Kopf.
„Ich glaube, dass da etwas nicht mit rechten Dingen zuging“, fuhr Finn fort. „Irgendetwas habe ich über den Boden huschen sehen. Das hat Silberpfeil einen Schrecken eingejagt. Und es hat die anderen Pferde auch erschreckt, nur Silberpfeil war eben der Erste, der es vor den Hufen hatte.“
Anne spürte, wie sie zu hoffen begann, dass doch noch alles gut ausging. Sie hatte Angst, dass alle den Unfall wieder

auf ihren Opa schieben würden. „Was hast du denn gesehen?“
Finn zuckte mit den Schultern. „Wie gesagt, ich konnte es nicht erkennen. Ich habe nur aus dem Augenwinkel etwas über den Boden huschen sehen. Viellei...“
„Lassen Sie das Pferd in Ruhe!“, hörten die beiden plötzlich eine aufgebrachte Stimme. „Fassen Sie es bloß nicht mehr an. Wir haben Ihnen vertraut. Sie haben Schuld an diesem Unfall.“
Anne und Finn drehten sich um und sahen, wie Georg Kirchhof Opa Theo anschrie. Der hielt Silberpfeil an den Zügeln und redete beruhigend auf das Pferd ein.
„Georg!“, schaltete sich jetzt sein Bruder Hans ein. „Reiß dich zusammen. Theo trifft keine Schuld.“
„Ach nein?“ Georg Kirchhof lachte

spöttisch. „Willst du etwa behaupten, es ist Zufall, dass schon zum zweiten Mal so ein Unfall passiert? Der Mann ist total unfähig. Wir hätten ihn niemals einstellen sollen. Er ...“

„Lassen Sie meinen Opa in Ruhe! Sie haben keine Ahnung von Pferden.“ Entschlossen war Anne mit Tränen in den Augen zwischen ihren Opa und Georg Kirchhof gesprungen.

Georg musterte Anne mit einem bösen Blick, dem sie trotzig standhielt. „Aber du weißt Bescheid?“, fauchte er sie an. „Dann ist dir ja vielleicht auch klar, dass dein Opa mit einer deftigen Schadensersatzklage rechnen kann. Durch diesen Unfall verliert das Gestüt einen Haufen Geld. Wir können dichtmachen. Und daran ist dein Opa schuld. Er hat seine Arbeit nicht ordentlich gemacht.“

„Georg“, versuchte Hans seinen Bruder zu beschwichtigen, „das ist doch alles überhaupt nicht erwiesen.“

„Ach nein? Was denkst du, wem ein Gericht glaubt? Meinst du, wenn er jetzt zum zweiten Mal den gleichen Fehler macht, dass er damit durchkommt? Er hatte damals Glück, weil sich nichts beweisen ließ – aber zweimal? Das sieht wirklich schlecht aus. Kannst ja mal die Leute fragen. Die denken alle wie ich.“

„Sie dürfen meinen Opa nicht einfach so beschuldigen! Sie ...“
„Anne, nicht.“ Theo fasste seine Enkelin an der Schulter. „Das hat doch keinen Sinn. Wir gehen.“ Theo zog sie weg. Dann sagte er zu Finn: „Kümmere du dich ein bisschen um sie. Ich muss jetzt allein sein.“ Er ließ Anne los und wandte sich ab. Gebeugt ging er davon.
Anne konnte sich gar nicht beruhigen. Vor Wut und Traurigkeit strömten ihr die Tränen über das Gesicht. Finn stand eine Weile hilflos daneben. Schließlich nahm er Anne an die Hand und zog sie fort zur Eisdiele. „Wir sollten hier nicht so herumstehen, sondern einen Plan machen, wie wir deinem Opa helfen können.“
„Was denn für einen Plan?“
„Das erkläre ich dir, wenn du dich etwas beruhigt hast. Und da hilft ein großer

Eisbecher bekanntermaßen am besten.“ Finn bestellte zwei große Portionen. Sie löffelten schweigend ihr Eis.
„Anne?“, fragte Finn unvermittelt. „Bist du mir eigentlich noch böse? Ich meine, weil ich mir nicht sicher war, ob dein Opa vielleicht doch etwas mit dem Unfall zu tun hatte. Es tut mir auf jeden Fall sehr leid. Und ich bin mir mittlerweile sicher, dass er nichts dafür konnte.“
Anne lächelte. „Schon gut. Ich mag meinen Opa sehr. Und ich habe Angst, dass du recht hast. Vielleicht hat er ja wirklich einen Fehler gemacht. Schließlich kann jeder mal etwas falsch machen.“ Sie machte eine kurze Pause, dann sagte sie: „Mir tut es auch leid.“
Sie aßen weiter schweigend ihr Eis. So schrecklich Anne sich auch fühlte, sie war erleichtert, dass der Streit mit Finn aus der Welt geräumt war.

Mit Finn zusammen fühlte sie sich viel stärker. Vielleicht konnten sie ihrem Opa wirklich gemeinsam helfen. Nur wie?
Als hätte Finn ihre Gedanken erraten, sah er sie an und erklärte: „Irgendwas ist faul an der ganzen Geschichte. Wir müssen nur herausfinden, was.“
Anne blickte ihn an. „Aber wie sollen wir das machen?“
„Uns muss etwas einfallen. Das ist echte Detektivarbeit.“ Nachdenklich griff Finn

in seine Hosentasche und zog das Rad eines Spielzeugautos hervor. „Das habe ich vorhin auf der Straße gefunden. Sieht aus wie der Reifen von meinem alten ferngesteuerten Auto. Es muss noch in irgendeiner Umzugskiste sein."
Er rollte es über den Tisch und ließ seine Gedanken wandern.
„Vielleicht hat ein Tier die Pferde erschreckt?", meinte Anne.
Finn schloss die Augen, als könnte er sich dann besser erinnern. Schließlich antwortete er traurig: „Ich weiß es nicht."
„Hast du jemanden gesehen, der sich verdächtig verhalten hat?", forschte Anne weiter.
Finn zog seine Stirn in Falten und raufte sich die ohnehin strubbeligen Haare.
„Nein, niemand. Die einzige Person, die mir aufgefallen ist, war Georg Kirchhof. Aber der saß in seinem Auto, das er auf

einem kleinen Parkplatz abgestellt hatte. Von dort konnte er bestimmt nur gerade so erkennen, wer vorbeiritt. Es sah so aus ...", setzte Finn an, aber er wurde von der lauten Stimme des Mannes am Nachbartisch übertönt.
„Hallo, Herr Kirchhof, sind Sie mit dem Auto zufrieden? Die Fernsteuerung ist super, oder?"
Georg Kirchhof, der eilig die Straße entlangging, sah erschrocken auf, doch dann lächelte er den Mann an und nickte: „Ja, ja. Ganz toll. Ich muss schnell weiter." Mit raschen Schritten ging er an den Tischen des Eiscafés vorbei. Doch plötzlich schien er sich an etwas zu erinnern. Er blieb stehen, blickte sich um und eilte dann zu einem Mülleimer. Er zog eine gelbe Plastiktüte aus der Jackentasche und warf sie weg. Anschließend sah er sich erneut kurz

um, als fühlte er sich beobachtet. Dann setzte er seinen Weg fort.
„Wenn man vom Teufel spricht“, flüsterte Finn. „Und wer ist das neben uns am Tisch?“
„Das ist Herr Reuter. Ihm gehört das Spielzeuggeschäft.“
Finn nickte. Die beiden sahen zu dem Mann am Nachbartisch, der jetzt aufstand und ging.
„Georg Kirchhof war zu weit weg“, murmelte Anne, „sonst würde ich ihn sofort verdächtigen.“
„Ich finde den zwar ziemlich fies, aber er wird doch nicht sein eigenes Pferd und das Ritterturnier ruinieren. Er lebt doch davon.“
Anne zuckte die Schultern. „Er würde den Hof am liebsten verkaufen“, erklärte Anne. „Und jetzt?“, fragte sie nach einer Weile.

„Wir kommen nicht richtig weiter“, gab Finn zu.
Lustlos löffelte Anne ihr Eis. Immer wieder traten ihr die Tränen in die Augen. Es war so ungerecht.
Finn war ebenso niedergeschlagen wie sie. Gedankenverloren rollte er das kleine Spielzeugrad über den Tisch.
Anne sah ihm zu. Plötzlich schlug sie mit ihrer Hand auf das Rad.
Finn fuhr auf: „Hey, erschreck mich doch nicht so.“
„Du hast eben gesagt, dass du das Rad vorhin auf der Straße gefunden hast.“
„Ja“, nickte Finn irritiert.
„Ganz in der Nähe der Stelle, wo der Unfall passiert ist.“
„Stimmt“, nickte Finn erneut.
„Und du hast gesagt, dass es aussieht wie das Rad von deinem ferngesteuerten Auto.“

„Ja.“ Finn wurde langsam ungeduldig. „Aber was sollen diese Fragen?“

„Mensch, Finn, denk doch mal nach!“ Anne sah ihren Freund erwartungsvoll an. Verzweifelt betrachtete Finn das Rad auf dem Tisch. Aber er konnte beim besten Willen nicht erkennen, was das Spielzeugrad mit der Katastrophe von eben zu tun haben sollte.

„Also“, half Anne ihm auf die Sprünge, „wir haben gerade gehört, dass Georg

Kirchhof ein ferngesteuertes Auto gekauft hat. Und du hast einen Reifen von einem ferngesteuerten Auto genau an der Unfallstelle gefunden. Verstehst du denn nicht?“
Langsam dämmerte es Finn. „Du meinst, Herr Kirchhof hat so ein Auto gekauft und damit Silberpfeil erschreckt?“
„Genau! Und weil er weit genug von dem Unfall weg war, wird ihn niemand verdächtigen.“
„Aber hätte denn keiner so ein Auto bemerkt?“ Finn hatte Zweifel.
„Es haben doch alle auf die Pferde gesehen und nicht auf den Boden. Und außerdem war es vielleicht getarnt.“ Die beiden schauten sich an.
„In einer Plastiktüte mit Loch!“, platzte es gleichzeitig aus ihnen heraus.
„Aber ein Beweis ist das nicht“, dämpfte Finn ihre Freude sofort.

„Warum nicht?" Anne war sich ganz sicher, auf der richtigen Spur zu sein. „Vielleicht stammt dieses Rad gar nicht von einem ferngesteuerten Auto. Oder vielleicht stammt es von einem anderen Modell als dem, das Herr Kirchhof gekauft hat."

„Dann müssen wir das herausfinden." Anne sprang entschlossen auf.

„Und wie willst du das machen? Einfach Herrn Kirchhof fragen? Ich kann mir nicht vorstellen, dass er dir etwas sagt. Nach allem, was vorhin passiert ist."

„Quatsch. Wir gehen in den Spielzeugladen. Komm lass uns schnell hinlaufen, bevor sie schließen."

Ein starkes Team

Das Geschäft *Spiele Reuter* hatte noch offen. Die beiden Hobbydetektive liefen durch die Regale voller Spielsachen, bis sie endlich vor den ferngesteuerten Autos standen. Finn zog das Rad hervor. Schnell hatten sie das Modell gefunden, das zu dem vermutlichen Beweisstück gehörte.

„Und jetzt?“, fragte Anne unsicher. „Sollen wir einfach fragen, ob dies das Auto ist, das Herr Kirchhof gekauft hat? Meinst du, die verraten uns das?“

Finn überlegte einen Moment, dann sagte er: „Ich habe eine Idee. Komm.“

Mit entschlossenen Schritten ging er auf die Kasse zu, an der eine Verkäuferin stand. Er hielt ihr das Auto unter die Nase.

„Entschuldigen Sie bitte“, sagte er

freundlich. „Ich habe ein Problem. Herr Kirchhof, ein guter Freund meiner Eltern, hat mir vor ein paar Tagen ein Geschenk gemacht. Es war ein Päckchen. Ich nehme an, dass darin ein ferngesteuertes Auto war. Ich habe mir nämlich eins zum Geburtstag gewünscht.
Dummerweise habe ich das Päckchen auf dem Nachhauseweg verloren. Ich habe mich nicht getraut, es zu erzählen.

Und jetzt kommt Herr Kirchhof morgen zu Besuch. Er hat gesagt, dass wir es dann zusammen ausprobieren können. Deshalb wollte ich es nachkaufen. Damit er nichts merkt."
„Und wie kann ich dir dabei helfen?", fragte die Verkäuferin freundlich.
„Ich dachte", erklärte Finn, „dass Sie sich vielleicht erinnern können, welches Auto es war, das Herr Kirchhof gekauft hat. Sie kennen ihn doch?"
„Ja, ich kenne beide Kirchhofs. Aber ich habe sie hier lange nicht gesehen."
Die beiden Freunde sahen sich ratlos an.
„Vielleicht", sagte die Verkäuferin jetzt, „weiß mein Chef Bescheid. Ich rufe mal oben in seiner Wohnung an." Sie nahm den Telefonhörer und wählte eine Nummer. Annes Magen zog sich vor lauter Aufregung zusammen.

„Hallo, Herr Reuter. Hier sind zwei nette Kinder, die wissen wollen, ob einer der Kirchhof-Brüder neulich bei uns ein ferngesteuertes Auto gekauft hat ... ja ... und wissen Sie auch, welches Modell? Ja ... Danke.“ Sie legte auf. „Es ist genau das Modell, das du in der Hand hältst. Georg Kirchhof hat es tatsächlich hier gekauft. Wollt ihr es nehmen?“
Finn sah auf den Preis.
„Ja, schon. Ich habe jetzt nur nicht genug Geld dabei. Ich komme später noch mal wieder. Aber vielen Dank für Ihre Hilfe.“
Draußen vor dem Geschäft fiel Anne Finn um den Hals. „Du warst toll!“
„Na ja“, sagte Finn verlegen, „die Idee mit dem ferngesteuerten Auto und Herrn Kirchhof hattest du.“
„Wir sind eben ein super Team.“
Dagegen konnte Finn nichts einwenden.

„Und was machen wir jetzt?“, fragte er.
„Jetzt gehen wir auf das Gestüt und stellen Georg Kirchhof zur Rede.“

Als die beiden auf den Hof kamen, sahen sie die Kirchhof-Brüder mitten in einer Diskussion vor dem Stall.
„Du kannst doch nicht einfach Theo Bach für den Unfall verantwortlich machen“, sagte Hans gerade.

„Und ob ich das kann. Es ist doch genau dasselbe wie damals."
„Aber es ist doch nie bewiesen worden, dass es seine Schuld war. Kann sich der Unfall nicht aus einem ganz anderen Grund ereignet haben?"
„Was für ein anderer Grund denn?"
„Die Frau hat einmal gesagt, dass sie vielleicht einen Schuss gehört hat. Sie war sich nur nicht sicher."
„Was denn für einen Schuss? Was soll das, Hans?"
„Du müsstest doch am besten wissen, dass damals ein Wilderer unterwegs war. Wochenlang hat man ihn gesucht. Vielleicht hat er geschossen?"
„Wie kommst du ..."
„Wir müssen mit Ihnen reden", unterbrach Anne die beiden Brüder.
„Was wollt ihr denn schon wieder hier?", fauchte Georg Kirchhof.

„Wir haben Beweise, dass Sie Silberpfeil vorhin erschreckt haben“, mischte sich Finn ein.
Zornesröte stieg in Georg Kirchhofs Gesicht auf. „Wie zum Teufel kommst du denn auf so eine bescheuerte Idee? Das möchte ich mal wissen. Ich war weit weg von den Pferden. Du hast mich doch sogar in meinem Auto gesehen. Ich erinnere mich, dass du gegrüßt hast. Also sag mir bitte, wie ich in der Lage gewesen sein soll, Silberpfeil zu erschrecken.“
„Hiermit“, erklärte Finn und hielt Georg den Reifen des Spielzeugautos unter die Nase.
„Was soll das?“ Georg wich die Farbe aus dem Gesicht.
„Das Rad ist von einem ferngesteuerten Auto“, sagte Anne, „und zufällig wissen wir, dass Sie so ein Auto vor kurzem

gekauft haben. Bei *Spiele Reuter*. Wir haben eben nachgefragt."

„Georg!" Hans Kirchhof wandte sich entsetzt an seinen Bruder. „Stimmt das, was die beiden da sagen?"

„Unsinn!" Georg Kirchhof hatte sich wieder gefangen. „Das ist doch kein Beweis. Wenn ich ein ferngesteuertes Auto hätte, dann müsste es ja irgendwo sein."

„Eben nicht. Es ist ja unter den Pferdehufen zertrampelt worden!" Finn blickte den Verdächtigen wütend an.

„Aha, und die Fernbedienung wurde dabei auch zertrampelt, oder was?"

„Keine Ahnung." Finn zuckte ratlos die Schultern. „Vielleicht ist sie ja noch in Ihrem Auto."

„Bitte, seht doch nach." Zu Georgs Ärger ließ sich sein Bruder tatsächlich die Autoschlüssel geben. Alle vier liefen zu

dem Wagen. Eine kurze Untersuchung ergab, dass hier keine Fernbedienung war. Hans sah die beiden Freunde ratlos an. „Was ihr da sagt, ist eine schwerwiegende Anschuldigung. Aber so ganz hieb- und stichfest sind eure Beweise nicht.“

Betreten schwiegen die Kinder. Plötzlich fragte Anne: „Und wenn ich weiß, wo die Fernbedienung ist?“

Alle sahen Anne fragend an.

„Dann sieht es für meinen Bruder nicht gut aus“, sagte Hans schließlich. Er wirkte sehr niedergeschlagen. Anne rannte zum Stall.

„Wohin willst du?“, rief Finn ihr nach.

„Ich hole Parzifal. Wir müssen etwas erledigen. Bleibt ihr hier. Alle drei!“

Kurz darauf kam Anne mit Parzifal über den Hof geritten und verschwand in Richtung Stadt. Hans Kirchhof holte Saft

aus der Küche. Irgendetwas musste er tun, damit die Warterei nicht unerträglich wurde. Es dauerte eine Weile. Niemand sagte etwas.
Dann sprang Finn auf. „Da ist sie!"
Und tatsächlich, da kam Anne auf Parzifal in den Hof geritten.
„Hallo!", rief sie. „Ich habe sie." Anne schwenkte triumphierend eine gelbe Plastiktüte in der Hand.

„Was ist das?“, fragte Hans Kirchhof verwundert. Finn schüttelte den Kopf. Er wusste es auch nicht. Georg hatte es anscheinend die Sprache verschlagen. Wie erstarrt stand er neben den beiden und ließ Anne nicht aus den Augen. Die brachte Parzifal zum Stehen und sprang aus dem Sattel.
„Kommt dir die Tüte nicht bekannt vor, Finn?“, fragte sie. Aber Finn fiel immer noch nichts ein.
„Aber Sie kennen die Tüte, nicht wahr?“ Anne blickte Georg Kirchhof an.
„Jetzt weiß ich es wieder!“, rief Finn aufgeregt. „Er hat sie vorhin vor dem Eiscafé in den Müll geworfen.“
Georg Kirchhof zuckte zusammen, als hätte man ihn geschlagen.
„Was ist das? Georg?“ Hans Kirchhof drehte sich verzweifelt von einem zum anderen. „Sagt mir jetzt bitte jemand,

was hier los ist. Georg, das macht mir Angst."
„Finn und ich haben vorhin gesehen, wie Ihr Bruder diese Tüte in den Müll geworfen hat. Es war direkt nach dem Unfall. Das ist mir wieder eingefallen, als wir in dem Auto nach der Fernbedienung gesucht haben. Wir haben sie deshalb nicht gefunden, weil ..."
„Weil sie in dieser Tüte ist", beendete Finn den Satz.
„Genau so ist es." Anne griff in die Tüte und zog eine Fernbedienung hervor.
„Georg!" Hans Kirchhof starrte seinen Bruder entsetzt an. „Das kann ich nicht glauben! Du warst das?"
Aus Georgs Gesicht war jegliche Farbe gewichen. Bleich starrte er auf die Fernbedienung.
„Wie konntest du mir so etwas antun?" Hans Kirchhofs Stimme zitterte.

„Und meinem Opa.“, ergänzte Anne.
„In der Tat. Du bist nicht nur dabei, den Hof zu ruinieren, sondern du hast auch einen Mann zu Unrecht beschuldigt. Ich verstehe das einfach nicht.“
„Ich bin es eben leid, auf diesem Hof zu sitzen. Ich habe es dir gesagt. Ich will nicht mehr. Immer halten wir uns gerade so über Wasser. Das Geld ist knapp. Wenn wir den Hof verkaufen würden,

könnten wir endlich ein angenehmes Leben führen. Aber du wolltest ja nicht auf mich hören!“ Georg hatte sich noch einmal voller Wut aufgerichtet, dann fiel er wieder in sich zusammen.
Hans schüttelte traurig und müde den Kopf. „Aber wir hätten bestimmt irgendeine Lösung finden können. Mit Silberpfeil geht es doch jetzt wieder bergauf. Vielleicht hätte ich dich schon in ein paar Jahren auszahlen können. Was hast du dir nur dabei gedacht? Und der arme Theo Bach!“
„Vielleicht, vielleicht! Ich will nicht mehr warten, ich will jetzt hier raus. Und warum sollte es nicht ein zweites Ma...“
Erschrocken brach Georg den Satz ab. Jetzt war es an Hans, blass zu werden. „Beende den Satz nur!“, zischte er böse. „Du wolltest sagen, es könnte noch ein zweites Mal funktionieren. So wie es ja

schon einmal geklappt hat, oder? Du richtest den Schaden an, und Theo Bach hält den Kopf hin. Ich habe es all die Jahre geahnt. Du warst nicht auf dem Hof, als der Unfall damals passierte. Du warst der Wilderer. Stimmt's, so war es?"

Annes Herz schlug heftig. Sollte sie jetzt endlich erfahren, was sich damals zugetragen hatte?

Georg Kirchhof schlug die Hände vor das Gesicht und fing an zu schluchzen. Schließlich gestand er unter Stammeln: „Es war ein Unfall. Ich habe die Reiterin zu spät gesehen. Da hatte ich längst abgedrückt. Der Schuss hat das Pferd so sehr erschreckt, dass es durchgegangen ist. Die Reiterin fiel herunter und blieb liegen."

„Und Sie haben sich nicht um sie gekümmert?", fragte Finn.

„Was sollte ich denn tun? Wenn ich Hilfe gerufen hätte, dann wäre ich doch der Wilderei überführt worden."
„Die Frau hätte sterben können." Hans' Stimme war tonlos vor Entsetzen über seinen Bruder. „Und heute hätte auch viel Schlimmeres passieren können. Wir hatten Glück, dass niemand dabei verletzt wurde."
„Es tut mir leid!", flüsterte Georg Kirchhof.
„Das kommt zu spät", sagte Hans traurig, drehte sich um und ging.
Anne und Finn starrten den weinenden Georg Kirchhof hilflos an.
Schließlich fasste Finn Anne am Ärmel und zog sie weg. „Komm. Du musst Parzifal noch versorgen."

Die nächsten Tage waren schwierig. Besonders für die Kirchhof-Brüder. Der

Unfall während des Umzugs blieb zum Glück ohne Folgen. Das Ritter- und Reiterturnier ging von da an reibungslos über die Bühne. Die ganze Geschichte hatte für weniger Aufregung gesorgt, als Georg geplant hatte. Hans wollte seinen Bruder nicht anzeigen, aber er verlangte von ihm, sich sowohl bei Annes Opa als auch bei der Reiterin von damals zu entschuldigen. Diese sollten selbst entscheiden, ob sie gegen Georg Kirchhof Anzeige erstatten wollten. Georg hatte Glück. Die Entschuldigung reichte aus. Schon zwei Wochen später packte er seine Sachen und verließ den Hof.

Der Sommer ging langsam zu Ende. Die Schule hatte längst wieder begonnen. Anne saß auf einem Heuballen und ließ die Beine baumeln. Nachdenklich sah sie vor sich hin.

„Hey“, kam eine bekannte Stimme von hinten, „störe ich?“
Anne drehte sich um und lachte Finn an. „Nein, gar nicht. Ich habe nur nachgedacht. Alles ist so anders. Seit Georg weg ist, sieht man kein lachendes Gesicht mehr auf dem Hof. Hans Kirchhof sieht immer traurig aus, und das scheint auf alle hier abzufärben.“
Finn zuckte betrübt die Schultern. „Das

war ja auch eine schlimme Geschichte. Bestimmt wird es wieder besser. Es dauert nur ein bisschen. Ganz egal, ob Mensch oder Pferd, wenn so etwas Schlimmes passiert ist, muss man eben Geduld haben."

„Da hast du recht", ertönte plötzlich eine Stimme hinter den beiden. Sie drehten sich um und sahen den Besitzer des Gestüts. Er lächelte das erste Mal seit dem Vorfall mit seinem Bruder. „Aber irgendwann reicht es auch mit Geduld und Traurigsein. Anne sieht das ganz richtig, niemand lacht mehr. Und das muss sich schleunigst ändern. Was haltet ihr davon, wenn wir ein großes Hoffest machen?"

Finn und Anne waren begeistert.

Und so saßen sie schon eine Woche später an einer großen Festtafel, die mitten auf dem Hof stand. Alle waren

eingeladen. Natürlich auch Annes Opa. Und bei dieser Gelegenheit bat Hans Kirchhof Theo, doch wieder als Pferdeflüsterer bei ihm zu arbeiten. Annes Opa war sichtlich gerührt von der Bitte des Gestütsbesitzers.
„Ich", fing der alte Pferdeflüsterer an, während er aufstand, „freue mich sehr über das Angebot und nehme es gerne an." Alle jubelten. Theo hob die Hände, er wollte noch etwas sagen: „Ich danke natürlich dir, Hans, aber ich möchte auch und ganz besonders meiner Enkelin Anne danken."
Anne wurde etwas verlegen, als wieder alle klatschten.
„Schließlich", fuhr Theo fort, „war es meine Enkelin, die mich überredet hat, noch einmal meinen Beruf auszuüben."
„Und Finn hat auch geholfen!", rief Anne dazwischen.

„Das stimmt“, bestätigte Annes Opa lachend. „Also Dank an euch beide. Und ich hoffe, dass ihr mir in Zukunft bei meiner Arbeit ein wenig helfen werdet. Denn ihr habt beide das Zeug zum Pferdeflüsterer.“

„Na klar!“, rief Finn zustimmend. „Das machen wir gerne. Oder?“ Er sah Anne erwartungsvoll an.

„Ganz bestimmt. Schließlich sind wir nicht nur als Detektive ein starkes Team.“

Ronja Eppstein, M.A. Germanistik, studierte in Frankfurt am Main und in Berlin. Die Autorin arbeitet als freie Redakteurin für diverse Kinder- und Jugendzeitschriften. Schon seit ihrer Kindheit begeistert sie sich für Pferde. Ronja Eppstein lebt und arbeitet in der Nähe von Berlin. Sie gehört der freien Autoren-Gruppe Scriptease an.
Auf der Internetseite www.scriptease-berlin.de finden sich weitere Informationen.

Peter Friedl ist in Thüringen aufgewachsen und zur Schule gegangen. Nach seiner Buchbinderlehre studierte er in Halle an der Hochschule für Kunst und Design Burg Giebichenstein. Seit 1990 lebt er in Berlin, wo er als Kindergärtner, Altenpfleger und Lehrer gearbeitet hat, bevor er sich entschloss, Kinderbücher zu illustrieren.

In dieser Reihe sind erschienen:

Anne und der Pferdeflüsterer

ISBN 978-3-86625-145-8

Casting auf dem Ponyhof

ISBN 978-3-86625-148-9

Emma, du schaffst es!

ISBN 978-3-86625-147-2

Der Rennstall-Erpresser

ISBN 978-3-86625-146-5